# roman rouge

**DoMiniQue et coMpagnie**

Sous la direction de
**Agnès Huguet**

Marie-Louise Gay

# Les malheurs de princesse Pistache

Illustrations
**Marie-Louise Gay**

**Catalogage avant publication
de Bibliothèque et Archives Canada**

Gay, Marie-Louise
Les malheurs de princesse Pistache
(Roman rouge ; 46)
Pour enfants de 6 ans et plus.

ISBN 978-2-89512-543-3

I. Titre. II. Collection.

PS8563.A868M34 2007 jC843'.54 C2006-940997-8
PS9563.A868M34 2007

Dépôts légaux : 1er trimestre 2007
Bibliothèque et Archives nationales
du Québec
Bibliothèque nationale du Canada
Bibliothèque nationale de France

ISBN 978-2-89512-543-3
Imprimé au Canada

10 9 8 7 6 5 4 3 2 1

Direction de la collection
et direction artistique :
Agnès Huguet
Conception graphique :
Primeau & Barey
Révision-correction :
Céline Vangheluwe

**Dominique et compagnie**
300, rue Arran
Saint-Lambert (Québec)
J4R 1K5 Canada
Téléphone : 514 875-0327
Télécopieur : 450 672-5448
Courriel :
dominiqueetcie@editionsheritage.com
Site Internet :
www.dominiqueetcompagnie.com

Nous remercions le Conseil des Arts du
Canada de l'aide accordée à notre programme de publication. Nous reconnaissons l'aide financière du gouvernement du
Canada par l'entremise du Programme
d'aide au développement de l'industrie de
l'édition (PADIÉ) pour nos activités d'édition.

Nous reconnaissons l'aide financière du
gouvernement du Québec par l'entremise
du Programme de crédit d'impôt pour l'édition de livres – SODEC – et du Programme
d'aide aux entreprises du livre et de
l'édition spécialisée.

*À mon amie
Lucie Papineau*

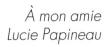

# Chapitre 1

# Les vacances commencent mal

—Pistache Soulier ! crie madame Têtedemouche. Est-ce que vous m'écoutez ?

Pistache sursaute. Le visage furieux de madame Têtedemouche surgit devant elle. Ses yeux lancent des éclairs. Ses sourcils ressemblent à des petites vipères noires et luisantes.

—O-ou-oui ma-madame, bredouille Pistache.

– Alors r-r-répondez à ma question ! ! hurle la maîtresse.

Ses vipères noires se froncent en V.

– Combien font deux plus deux ?

Silence. Un ange passe. Une mouche vole. Pistache, désespérée, se creuse la tête.

– Euh…, marmonne-t-elle.

Quelques élèves ricanent.

– Deux plus deux ? rugit madame Têtedemouche.

– Cinq ? murmure Pistache.

La moitié de la classe s'écroule de rire.

– Six ? chuchote-t-elle.

La classe entière se roule par terre.

– DEUX PLUS DEUX ! ! brame madame Têtedemouche.

Ses vipères noires se tortillent. Ses narines frémissent. Un vrai dragon.

– Quatre ! Quatre ! Quatre ! crie Pistache, mais la maîtresse ne l'entend pas.

Pistache se réveille en hurlant dans son lit. Le chien lui lèche doucement la joue. Le soleil inonde sa chambre.

« Ouffff ! pense-t-elle, quel cauchemar ! »

Au même moment, Pistache se rappelle que c'est le premier jour des grandes vacances.

– Youpiii ! s'écrie-t-elle en sautant du lit. Youpiii ! Fini l'école ! Fini la vieille Têtedemouche ! Fini les devoirs ! C'est l'aventure, c'est la li-ber-té ! Hourraaa !

Pistache s'habille en un tour de main. Pas de couronne ce matin ! Elle met sa casquette, prend son sac à dos et sa lampe de poche puis dévale l'escalier. Elle arrive comme une tornade dans la cuisine. Elle chante à tue-tête :

– Vi-ve les va-can-ces… !

– Ma princesse…, l'interrompt sa maman.

Elle a sa voix trop douce. Sa voix de sirop d'érable. Pistache regarde sa mère avec méfiance. Mais sa maman lui sourit. Un sourire qui ferait fondre un glaçon en plein hiver.

—Ma princesse, répète-t-elle, pourrais-tu emmener ta sœur au parc ce matin ? J'ai du travail à terminer. S'il te plaît ?

Le cœur de Pistache tombe d'un coup au niveau de son nombril.

– Ah non ! dit-elle. C'est le premier jour des vacances… Et puis, j'ai rendez-vous avec Madeleine et Doudou… Nous allons explorer la caverne du cimetière… Et puis…

– Pistache, dit sa mère, j'ai besoin de ton aide.

Elle n'a plus sa voix de sirop d'érable.

– C'est pas juste ! proteste Pistache. Je vais m'ennuyer à mourir avec elle…

Sa mère ne sourit plus. Un petit vent froid souffle dans la cuisine.

– Ze veux zaller au parc, crie Pauline, avec Pistasse !

– Ah non, soupire Pistache, découragée.

– Ah oui ! dit sa maman. Je suis certaine que vous allez bien vous amuser. N'est-ce pas, Pauline ?

Pauline fait un grand sourire. Elle a de la banane écrasée dans les cheveux, sur le nez et même un peu dans les oreilles.

– Ouache ! dit Pistache.

# Chapitre 2

# La petite voleuse

Une demi-heure plus tard, Pistache se met en route. Elle tire de peine et de misère la voiturette dans laquelle s'empilent poupées, peluches, seaux en plastique, pelles, râteaux et… sa petite sœur ! Pauline porte son chapeau à oreilles de lapin et sa cape de Superman. Elle a l'air ravie. Elle a réussi à dissimuler le chien sous ses peluches.

– Tu es lourde, Pauline, grommelle Pistache, essoufflée. Il faudrait te mettre au régime.

– Hue, Pistasse ! Au galop, Pistasse !
commande Pauline.

Voilà que Madeleine et Doudou
passent à toute vitesse à vélo. Lors-
qu'ils voient Pistache, ils freinent en
faisant crisser leurs pneus. La voiturette disparaît dans un nuage de
poussière.

– Hé ! Pistache, dit Madeleine, tu
ne viens pas explorer la caverne du
cimetière avec nous ? On a des chandelles et une boussole…

—Je ne peux pas, bougonne Pistache, je dois emmener ma sœur au parc.

—Quoi ? ricane Doudou. Tu préfères jouer à la poupée avec un bébé ?

Madeleine et Doudou redémarrent en riant comme des singes.

—Mais… mais non…, commence Pistache.

Trop tard. Ils sont déjà loin.

—Zut ! C'est pas juste ! Mes amis vont vivre de grandes aventures et moi, je dois m'ennuyer avec un bébé.

—Moi pas bébé ! Moi Super-Lapin ! crie Pauline.

17

– Ouais… ouais…, marmonne Pistache en levant les yeux au ciel. Toi Super-Lapin, moi Tarzan !

• • •

Sous le soleil brûlant, Pistache marche lentement. Derrière elle, perchée sur la montagne de jouets, Pauline chante « Ti-galop, ti-galop, ti-galop, pom-pom ! » à tue-tête.

Le chien ronfle. Pistache rêve qu'elle explore la caverne du cimetière. Elle est seule dans le noir. C'est le silence absolu. Soudain, un froissement, un chuchotement : les chauves-souris la frôlent de leurs ailes humides… Elle sursaute en entendant une grosse voix :

–Halte-là, petite voleuse ! crie monsieur Pomodoro, l'épicier du coin.

Il est rouge comme une tomate. Il a l'air furieux.

–Tou n'as pas honte ! Quel exemple pour ta petite sœur !

– Quoi ? Co-comment ? répond Pistache éberluée.

Une petite foule se rassemble. Les gens chuchotent et la montrent du doigt.

– En plousse, tou fais l'innocente ! *Mamma mia !* dit monsieur Pomodoro.

Il plonge les deux bras dans la pyramide de peluches et de poupées. Il réveille le chien qui, surpris, se met à aboyer.

–Et ça, c'est quoi, ça? demande l'épicier en brandissant deux bananes.

Pistache ouvre grand les yeux.

–Et ça? C'est un ballon de plage, peut-être?

Il lui met un melon sous le nez. La foule rit. Le chien aboit de plus en plus fort.

–Mais, mais… d'où ça vient, tout ça? demande Pistache, un peu étourdie par ce brouhaha.

–De mon é-ta-la-ge ! *Mamma mia !* Si jamais je t'y reprends, petite vaurienne… j'appelle la *polizia* !

Et il se dirige vers son épicerie d'un pas digne. La foule se disperse en marmonnant.

–Quelle honte ! dit la boulangère. Mais qui est cette petite voleuse ?

–C'est Pistache Soulier ! répond

Abraham en ricanant. Elle est dans ma classe.

– Ah ! les jeunes d'aujourd'hui ! soupire un gros monsieur. Dans mon temps, ça ne se passait pas comme ça !

Pistache reste là, figée, la bouche ouverte et les joues en feu. Elle ne comprend rien du tout. Au même moment, sa sœur sort une poire de

sous la chèvre en peluche. Elle la croque à pleines dents. Pistache comprend enfin. C'est Pauline qui est la voleuse ! C'est elle, la petite vaurienne ! La colère monte en elle comme un grand vent chaud et rouge. Elle s'approche de sa sœur, lui arrache la poire des mains et la lance dans la rue. SPLATTE ! Une auto l'aplatit comme une crêpe.

Pauline hurle, furieuse.

Pistache a le regard orageux et les dents serrées. Elle ne dit pas un mot. Elle repart vers le parc, tirant derrière elle un lapin boudeur aux oreilles basses. Le chien les suit de loin, la langue pendante.

# Chapitre 3

# La sorcière Vieilledent

Pistache aperçoit enfin la grille du parc au bout de la longue rue déserte. Tout à coup, elle voit son ami Rachid qui patine en zigzaguant vers elle, courbé sous le poids d'un gros sac de toile.

– Ho ! Pistachio ! Viens-tu explorer la caverne du cimetière ? Il paraît qu'il y a un trésor fabuleux tout au fond. J'ai pris un pic et une pelle. Madeleine et Doudou apportent…

– … des chandelles et une boussole, je sais, je sais, soupire Pistache,
mais je ne peux pas y aller, je dois…

– … promener tes toutous ? l'interrompt Rachid en pouffant de rire.

– J'emmène ma sœur et SES toutous
au parc, c'est évident, non ?

– Ta sœur invisible, je suppose ?
ajoute Rachid.

– Ma sœur invis… ?

Pistache se retourne. Les poupées
et les peluches la regardent d'un air
ébahi. Mais où est Pauline ?

– Amuse-toi bien, Pistachio ! lance
Rachid qui disparaît en un clin d'œil.

Pistache, affolée, regarde d'un bout à l'autre de la rue. Vide !

– Cherche Pauline ! crie-t-elle au chien.

Le chien rebrousse chemin, le nez à terre, les oreilles au vent. Pistache le suit de près. Soudain, l'animal s'immobilise au pied d'un mur de pierres, une patte en l'air.

– Pistasse ! Pistasse ! crie une petite voix aiguë.

C'est Pauline, perchée tout en haut du mur comme un oiseau sur un fil électrique.

– Ne bouge surtout pas ! dit Pistache.

– Moi Super-Lapin, crie Pauline, moi voler !

Elle fait tournoyer sa cape et s'apprête à se lancer dans le vide.

– NO-O-O-ON ! hurle Pistache.

Pauline, surprise, tombe… de l'autre côté du mur. Pistache entend un faible cri. Ensuite, c'est le silence total.

Paniquée, Pistache escalade le mur. Les vieilles pierres moussues sont glissantes. Elle s'arrache les ongles et s'égratigne les genoux. Pistache passe la tête par-dessus le mur et découvre Pauline, immobile, étendue à plat ventre dans une mer de fleurs rouges.

« Misère ! » pense Pistache. Elle dégringole dans le jardin et se précipite vers sa petite sœur.

– Pauline ? chuchote-t-elle.

Pas de réponse. Peut-être est-elle gravement blessée ? Peut-être est-elle morte ? Pistache a le cœur dans les talons. Soudain, Pauline se relève d'un coup et claironne :

– Coucou ! Ze suis Super-Lapin !

Elle éclate de rire et retombe dans les fleurs. Les pétales rouges tourbillonnent dans l'air.

Pistache est à la fois très soulagée et très en colère.

– Espèce de cervelle d'oiseau ! rage-t-elle. Attends un peu que…

– Que diable faites-vous dans mon jardin ? gronde une voix éraillée. Vous venez faire des mauvais coups ? Hein ?

Pistache regarde avec horreur madame Vieilledent qui s'approche en s'appuyant sur sa canne tordue. Petite, grosse et bossue, elle cache son vilain visage de fouine sous un grand chapeau de feutre noir. Tous les enfants du quartier la connaissent. Tous l'appellent la sorcière Vieilledent.

– J'ai bien envie de vous transformer en crapauds, grogne madame Vieilledent.

– Z'ai faim ! crie Pauline.

Ses oreilles de lapin s'agitent au-dessus des fleurs.

– Chut ! souffle Pistache, n'aie pas peur.

– Z'ai pas peur ! crie Pauline. Z'ai faim !

– Moi aussi, j'ai faim, grogne madame Vieilledent, je croquerais bien un petit lapin grassouillet. Miam-miam !

Elle s'approche à petits pas en fouillant dans son immense sac à main poilu.

– Oui, un bon ragoût de lapin. Ça ne serait pas mauvais du tout… Accompagné d'une soupe tiède au crapaud, mmm-m-m, divin ! Mais voyons ! Où donc ai-je mis cette baguette magique ?

Madame Vieilledent pose son sac par terre et plonge la tête tout au fond.

– Petites pestes, dit-elle d'une voix étouffée, vous ne perdez rien pour attendre !

Pistache profite de ce moment d'inattention. Elle prend Pauline sous son bras comme un gros colis et court jusqu'au mur.

– Vous ne nous aurez pas, vieille sorcière ! hurle-t-elle.

Et hop ! Elle escalade le mur et disparaît de l'autre côté.

Madame Vieilledent sort sa tête du sac et se redresse. Elle sourit.

– Ça marche à tout coup, dit-elle.

Son rire grinçant résonne dans la rue déserte.

# Chapitre 4

# Le trésor de Pistache

Enfin, elles sont arrivées au parc ! Pistache installe Pauline dans le bac à sable avec son seau, ses pelles et ses peluches. Elle s'affale sur un banc à l'ombre d'un arbre et s'éponge le front.

« Ouffff ! On l'a échappé belle ! » pense-t-elle.

Tout en reprenant son souffle, Pistache se met de nouveau à rêver à la caverne du cimetière. Si seulement elle pouvait l'explorer… C'est

elle qui trouverait le trésor caché.
Elle en est certaine ! Elle s'imagine
rampant dans un tunnel étroit et humide, une chandelle à la main. Tout
à coup, elle voit une lueur. Non !
Deux lueurs ! Ce sont les yeux rouges
du dragon, gardien du trésor. Il est
allongé sur une montagne de pierres précieuses, de bijoux et de
pièces d'or. Le dragon ouvre grand
sa gueule fumante et hurle :

– Pis-tasse ! Pi-i-i-istasse !

Pistache sursaute. Elle se retourne et voit Pauline qui patauge dans le bassin de la fontaine. Soudain, sa sœur plonge en éclaboussant les pigeons. SPLOUCHE ! On ne voit plus que ses chaussettes rayées. Elle réapparaît aussitôt, l'air ravi.

– Pistasse ! crie-t-elle. Viens voir !

Pistache est furieuse. Quelle peste ! Elle se précipite vers la fontaine.

– Pauline ! Ça suffit ! Sors de là immédiatement !

– Z'ai trouvé un trésor ! crie Pauline.

Un trésor ? Pistache s'approche. Pauline dépose une poignée de sous sur le bord de la fontaine. Le soleil les fait miroiter. Pauline sourit fièrement.

Pistache grince des dents et dit à sa sœur :

– Espèce de cervelle de morue ! Ce n'est pas un trésor. Les gens lancent des pièces dans le bassin pour faire un vœu. C'est défendu de les prendre.

– En effet ! dit une voix sévère.

C'est le gardien du parc.

– Il est aussi défendu de se baigner dans la fontaine, défendu de marcher sur l'herbe, défendu d'amener des animaux sans laisse, continue-t-il.

– Ce sont des peluches ! proteste Pistache.

Du coin de l'œil, elle voit que le chien s'est caché derrière un arbre.

L'homme sort un petit livre noir de sa poche et le consulte.

— Article 213, paragraphe b) : *Il est interdit à quiconque d'introduire un animal ou une peluche sans laisse dans le parc.* Voilà ! dit-il, satisfait. Maintenant, sortez de mon parc. Mademoiselle, vous devriez avoir honte d'obliger cette pauvre petite à plonger dans le bassin pour aller chercher des sous.

– Mais, mais…, balbutie Pistache.

– Allez ! Ouste !

Le gardien rempoche son calepin noir et croise les bras. Pistache attrape sa sœur dégoulinante qui gigote comme un poisson et l'assoit dans la voiturette.

Elle repart, tête basse, sous le regard furieux du gardien du parc. Pauline, toute souriante, lui envoie la main. Le chien les suit comme une ombre en se cachant d'arbre en arbre.

À midi, les deux sœurs arrivent à la maison. Pistache, rouge et haletante, traîne un Super-Lapin très humide et fripé.

– Alors ? demande leur mère. Vous vous êtes bien amusées ?

– Oufff ! soupire Pistache. À cause de Pauline, j'ai été accusée de vol, j'ai failli être transformée en crapaud et, en plus, nous avons été chassées du parc. C'est fini ! Je ne m'occupe plus de ce bébé écervelé.

—Moi pas bébé, crie Pauline, moi Super-Lapin !

—Que d'aventures ! dit la mère. J'ai l'impression que tu ne t'es pas ennuyée une seconde, ma princesse, pas vrai ?

Pistache regarde sa maman. « Décidément, elle ne comprend rien à rien ! » pense-t-elle.

—Mais je crois que tu as raison, c'est peut-être un peu trop pour toi. Demain, je demanderai à une dame du voisinage de vous garder.

—Qui ? demande Pistache, curieuse.

—Vous la connaissez, c'est madame Vieilledent.

—Ah non ! crient les sœurs à l'unisson.

—Ça va, maman, dit Pistache rapidement. Ne t'en fais pas, je m'occuperai de Pauline demain, je suis certaine qu'on va bien s'amuser. N'est-ce pas, Pauline ?

—Oui ! Toi Tarzan, moi Super-Lapin !

# Dans la même série

**Princesse Pistache**